Pietro Metastasio

Issipile

Texte et illustration de couverture : © domaine public
Edition : Culturea (Hérault, 34)
Contact : infos@culturea.fr
Retrouvez notre catalogue sur http://culturea.fr
Imprimé en Allemagne par Books on Demand
Design typographique : Derek Murphy
Layout : Reedsy (https://reedsy.com/)

Dépôt légal : janvier 2023
Tous droits réservés pour tous pays

ISBN : 9791041846047

ARGOMENTO

Gli abitatori di Lenno, isola dell'Egeo, occupati prima a guerreggiar nella vicina Tracia, ed allettati poscia dal possesso delle proprie conquiste e dall'amore delle lusinghiere nemiche, non curarono per lungo tempo di ritornare alla patria né alle abbandonate consorti; onde, irritate queste da così acerbo disprezzo, cambiarono il mal corrisposto affetto in crudelissimo sdegno. Al fine Toante, re e condottiere de' Lenni, desideroso di trovarsi presente alle nozze della sua figlia Issipile, stabilite con Giasone principe di Tessaglia, persuase loro il ritorno alla patria. Giunse poco grata alle donne di Lenno simil novella; poiché, oltre la memoria delle antiche offese, si sparse fra esse che gli sposi infedeli conducevan di Tracia le aborrite rivali a trionfar su gli occhi delle tradite consorti. Onde, lo sdegno e la gelosia degenerando in furore, conclusero ed eseguirono il barbaro disegno di ucciderli tutti al primo loro arrivo, simulando tenere accoglienze e facendosi ritrovare occupate nella celebrazione delle feste di Bacco, affinché il disordine dello strepitoso rito ricoprisse e confondesse il tumulto e le grida che dovean nascere nell'esecuzione della strage. Issipile, che aborriva di versare il sangue paterno, né poté aver agio di avvertir Toante del suo pericolo prima che approdasse in Lenno, simulando il furor delle altre, accolse, nascose il genitore, e finse averlo già trucidato. Costò però molto alla virtuosa principessa questa pietosa menzogna: perché, creduta, le produsse l'aborrimento ed il rifiuto di Giasone; e, scoperta, l'espose allo sdegno delle deluse compagne.

Condottiera ed eccitatrice della femminil congiura fu la feroce Eurinome, lo sdegno della quale avea, oltre le comuni, altre più remote cagioni. Learco, figlio di questa, avendo lungamente amata Issipile, e richiestala inutilmente in isposa, tentò al fine, ma infelicemente, di rapirla. Onde, obbligato a fuggir lo sdegno di Toante, si era allontanato da Lenno, ed avea fatto spargere d'essersi disperatamente ucciso. La sua creduta morte era cagione dell'odio implacabile di Eurinome contro il re: quindi nel ritorno de' Lenni si servì essa accortamente delle ragioni pubbliche a facilitar la sua vendetta privata. Learco intanto, esule e disperato, si fece condottiere di pirati, ma per tempo o lontananza non poté mai deporre la sua amorosa passione per Issipile; a segno che, avendo saputo che Giasone andava a celebrar le nozze già stabilite con quella, si portò co' suoi seguaci alle marine di Lenno, e cautamente s'introdusse nella reggia, per tentar di nuovo di rapir la principessa o disturbare almeno le sue nozze. L'insidie dell'innamorato Learco fanno una gran parte delle agitazioni d'Issipile; la quale però finalmente vede per vari accidenti assicurato il padre, punito l'insidiatore, calmato il tumulto di Lenno e disingannato Giasone, che divien suo consorte. (ERODOTO, libro VI, *Erat.*; OVIDIO, VALERIO FLACCO, STAZIO, APOLLODORO ed altri).

INTERLOCUTORI

TOANTE *re di Lenno, padre d'Issipile.*
ISSIPILE *amante e promessa sposa di Giasone.*
EURINOME *vedova principessa del sangue reale, madre di Learco.*
GIASONE *principe di Tessaglia, amante e promesso sposo d'Issipile, condottiero degli Argonauti in Colco.*
RODOPE *confidente d'Issipile ed amante ingannata di Learco.*
LEARCO *figlio d'Eurinome, amante ricusato d'Issipile.*

L'azione si rappresenta in Lenno.

ATTO PRIMO

SCENA PRIMA

Atrio del tempio di Bacco, festivamente adorno di festoni di pampini, pendenti dagli archi e ravvolti alle colonne di esso, fra le quali vari simulacri di satiri, sileni e bassaridi.

ISSIPILE e RODOPE, *coronate di pampini ed armate di tirso. Schiera di baccanti in lontano.*

ISS.   Ahi per pietà del mio
       Giustissimo dolor, Rodope amica,
       Corri, vola, t'affretta,
       Salvami il padre. A queste sponde infami
       Digli che non s'appressi. A lui palesa
       Le congiure, i tumulti,
       Le furie femminili.
ROD.   E tu poc'anzi
       Non giurasti svenarlo? Io pur ti vidi
       Con intrepido volto
       Su l'are atroci...
ISS.   Io secondai fingendo
       D'Eurinome il furor. Vedesti come
       Forsennata e feroce in ogni petto
       Propagò le sue furie? E chi potea
       Un torrente arrestar? Sospetta all'altre
       Già sedotte compagne, io non sarei
       Utile al padre. A comparir crudele
       M'insegnò la pietà. Giurava il labbro
       Del genitor lo scempio, e in sua difesa
       Tutti gli dèi sollecitava il core;
       E l'ardir del mio volto era timore.
ROD.   Anch'io...
ISS.   Se tardi, amica,
       Vana è la cura. Ah! che vicine al porto
       Son già le navi, e, se non corri... Oh Dio!
       Giunge Eurinome.
ROD.   E come
       Ha pieno d'ira e di vendetta il ciglio!
ISS.   Suggeritemi, o dèi, qualche consiglio.

SCENA SECONDA

EURINOME con séguito di donne vestite a guisa di baccanti, e dette.

EUR.	Rodope, principessa,
	Valorose compagne, a queste arene
	Dalle sponde di Tracia a noi ritorno
	Fanno i Lenni infedeli. A noi s'aspetta
	Del sesso vilipeso
	L'oltraggio vendicar. Tornan gl'ingrati,
	Ma dopo aver tre volte
	Viste da noi lontano
	Le messi rinnovar. Tornano a noi;
	Ma ci portan su gli occhi
	De' talami furtivi i frutti infami,
	E le barbare amiche
	Dipinte il volto, e, di ferino latte
	Avvezzate a nutrirsi, adesso altere
	Della vostra beltà vinta e negletta.
	Ah! vendetta, vendetta:
	La giurammo; s'adempia. Al gran disegno
	Tutto cospira: l'opportuna notte,
	La stanchezza de' rei, del dio di Nasso
	Il rito strepitoso, onde confuse
	Fian le querule voci
	Fra le grida festive. I padri, i figli,
	I germani, i consorti
	Cadano estinti; e sia fra noi comune
	Il merito o la colpa. Il grande esempio
	De' femminili sdegni
	Al sesso ingrato a serbar fede insegni.
ISS.	Sì, sì, di morte è rea
	Chi pietosa si mostra.
ROD.	(Come finge furor!)
ISS.	Rodope, corri:
	Già sai... Quando sul lido
	Saran discesi, ad avvertir ritorna.
EUR.	Inutil cura. Io stessa
	Fuor de' legni balzar vidi le squadre.
ISS.	Tu stessa?
EUR.	Io stessa.
ISS.	(*vuol partire*) (Ah! si prevenga il padre).
EUR.	Dove corri?
ISS.	Alle navi. Il re vogl'io
	Rassicurar, celando
	Lo sdegno mio con accoglienza accorta.
ROD.	È tardi: ecco Toante.
ISS.	(Oh dèi! son morta).

SCENA TERZA

Toante con séguito di cavalieri e soldati lenni, e dette.

TOAN.   Vieni, o dolce mia cura,
Vieni al paterno sen. Da te lontano,
Tutto degli anni miei sentivo il peso.
E tutto, o figlia, io sento,
Or che appresso mi sei, *(l'abbraccia)*
Il peso alleggerir degli anni miei.

ISS.   (Mi si divide il cor!)

TOAN.   Perché ritrovo
Issipile sì mesta?
Qual mai freddezza è questa
All'arrivo d'un padre?

ISS.   Ah! tu non sai...
Signor...

ROD.   Taci! *(piano ad Issipile)*

ISS.   (Che pena!)

EUR.   (Ah! mi tradisce
La debolezza sua).

TOAN.   La mia presenza
Ti funesta così?

ISS.   Non vedi il core:
Perciò... *(Eurinome minaccia Issipile acciò non parli)*

TOAN.   Spiegati.

ISS.   Oh Dio! *(Eurinome come sopra)*

TOAN.   Spiegati, o figlia:
Se l'imeneo ti spiace
Del prence di Tessaglia,
Che a momenti verrà...

ISS.   Dal primo istante
Che il vidi, l'adorai.

TOAN.   Forse, in mia vece
Avvezzata a regnar, temi che sia
Termine del tuo regno il mio ritorno?
T'inganni. Io qui non sono
Più sovrano né re. Punisci, assolvi,
Ordina premii e pene: altro non bramo,
Issipile adorata,
Che viver teco e che morirti accanto. *(l'abbraccia)*

ISS.   Padre, non più. *(bacia la destra a Toante e piange)*

TOAN.   Ma che vuol dir quel pianto?

EUR.   È necessario effetto
D'un piacer che improvviso inonda il petto.

TOAN.   So che riduce a piangere
L'eccesso d'un piacer;
Ma queste sue mi sembrano
Lagrime di dolor.
E non s'inganna appieno
D'un genitor lo sguardo,

Se d'una figlia in seno
Cerca le vie del cor. *(parte)*

SCENA QUARTA

ISSIPILE, EURINOME *e* RODOPE

EUR. Issipile. *(ad Issipile, che s'incammina appresso al padre)*
ISS.   Che chiedi?
EUR.   Ah! se non hai
A trafigger Toante ardir che basti,
Lasciane il peso a noi.
ISS.   Perché mi vuoi
Involar questo vanto?
Fidati pur di me.
EUR.   Prometti assai;
Vuoi che di te mi fidi:
Ma in faccia al padre impallidir ti vidi.

ISS.   Impallidisce in campo
  Anche il guerrier feroce,
  A quella prima voce
  Che all'armi lo destò.
   D'ardir non è difetto
  Un resto di timore,
  Che, nel fuggir dal petto,
  Sul volto si fermò. *(parte)*

SCENA QUINTA

EURINOME *e* RODOPE

EUR. Rodope, il giorno manca, e non conviene
Più differire. Il concertato segno
A momenti darò. Ma tu nel volto
Sembri confusa ancor.
ROD.   L'età canuta
Compatisco in Toante; il regio in lui
Carattere rispetto.
EUR.   Eh! che il peggiore
È de' nostri nemici. In duro esiglio
Per lui morì Learco; e tu dovresti
Ricordartene meglio. Il figlio in lui
Io perdei, tu l'amante.
ROD.   Il suo delitto

Tal pena meritò. Fingea d'amarmi,
E tentava frattanto
Issipile rapir.

EUR.   Rodope, io veggo
Che alla tua debolezza
Scuse cercando vai.

ROD.   Son donna al fine.

EUR.   E perché donna sei,
Scuotere il giogo e vendicar ti déi.

Non è ver, benché si dica,
Che dal Ciel non fu permesso
Altro pregio al nostro sesso
Che piacendo innamorar.
    Noi possiam, quando a noi piace,
Fiere in guerra, accorte in pace,
Alternando i vezzi e l'ire,
Atterrire ed allettar. *(parte)*

SCENA SESTA

RODOPE e poi LEARCO

ROD.   Ma i numi in ciel che fanno? Un sol fra loro
Non ve n'ha che protegga
Questa terra infelice? Oh infausta notte!
Oh terror!... Ma... traveggo?
Learco?

LEAR.   Ah! non scoprirmi:
Taci, Rodope.

ROD.   Oh dèi! tu vivi? Ognuno
Ti pianse estinto.

LEAR.   Ad ingannar Toante
Tal menzogna inventai.

ROD.   Chi mai ti guida,
Sconsigliato! a perir? Fuggi.

LEAR.   Un momento
Mi sia permesso almeno
Di vagheggiarti.

ROD.   Eh! d'ingannarmi adesso
Non è tempo, Learco. È il tuo ritorno
Smania di gelosia. Saputo avrai
Che al prence di Tessaglia
Issipile si stringe, e qualche nera
Macchina ordisci.

LEAR.   Ah! così reo non sono.

ROD.   Non più. Salvati, fuggi! Il nuovo giorno
Tutti gli uomini estinti

LEAR.   Qui troverà. Se ne giurò lo scempio
Dalle offese di Lenno
Barbare abitatrici. E questa è l'ora
Congiurata alla strage.

LEAR.   E tu mi credi
Semplice tanto? Ad atterrirmi inventa
Argomento miglior.

ROD.   Credimi, fuggi.
Ti perdi, se disprezzi
La mia pietà.

LEAR.   La tua pietade ancora,
Perdonami, è sospetta. Esser tradita
Da me supponi, e nella mia salvezza
T'interessi a tal segno? Ah! mal si crede
Una virtù che l'ordinario eccede.

ROD.   Perché l'altrui misura
Ciascun dal proprio core,
Confonde il nostro errore
La colpa e la virtù.
     Se credi tu con pena
Pietà nel petto mio,
Credo con pena anch'io
Che un traditor sei tu. (*parte*)

SCENA SETTIMA

LEARCO solo.

LEAR.   Eh! ch'io non presto fede
A fole femminili. Ad ogni prezzo,
Del tessalo Giasone
Si disturbin le nozze. Armata schiera
Di gente infesta a' naviganti, e avvezza
A viver di rapine, appresso al lido
Attende i cenni miei. Di questa reggia
Ogni angolo m'è noto. Ascoso intanto,
Da quel che avviene io prenderò consiglio.
Si sgomenti al periglio
Chi comincia a fallir. Di colpa in colpa
Tanto il passo inoltrai
Che ogni rimorso è intempestivo ormai.

     Chi mai non vide fuggir le sponde,
La prima volta che va per l'onde,
Crede ogni stella per lui funesta,
Teme ogni zeffiro come tempesta,
Un picciol moto tremar lo fa.

Ma, reso esperto, sì poco teme,
Che dorme al suono del mar che freme,
O su la prora cantando va. *(parte)*

SCENA OTTAVA

Parte del giardino reale, con fontane rustiche da' lati e boschetto sacro a Diana in prospetto. Notte.

ISSIPILE, TOANTE, e poi di nuovo LEARCO in disparte.

ISS. Eccoci in salvo, o padre. È questo il bosco
   Sacro a Diana. Il mio ritorno attendi
   Fra quell'ombre celato.
TOAN.   È questo, o figlia,
   L'imeneo di Giasone? E queste sono
   Le tenere accoglienze?
ISS.   Ah! di querele
   Non è tempo, signor. Celati.
TOAN.   Oh Dio!
   Tu ritorni ad esporti
   All'ire femminili.
   (Learco s'avanza, e non veduto ascolta in disparte)
ISS.   Il nostro scampo
   Assicuro così. Perché ti stimi
   Ciascuna estinto, accreditar l'inganno
   Dee la presenza mia.
TOAN.   Ma come speri
   Eurinome ingannar?
ISS.   De' Lenni uccisi
   Uno si sceglierà, che, avvolto ad arte
   Nelle tue regie spoglie, il pianto mio
   Esiga in vece tua.
TOAN.   Poco sicura
   È la frode pietosa.
ISS.   Al fine in cielo
   V'è chi protegge i re, v'è chi seconda
   Gl'innocenti disegni.
TOAN.   Ah! che per noi
   Fausto nume non v'è.
ISS.   Se poi congiura
   Tutto a mio danno, e, del tuo sangue in vece,
   L'altrui furor deluso

	Chiedesse il mio, spargasi pure. Almeno
	M'involerà il mio fato

                  Chiedesse il mio, spargasi pure. Almeno
                  M'involerà il mio fato
                  All'aspetto del tuo. Saprà la terra
                  Che nel comune errore
                  Il cammin di virtù non ho smarrito;
                  E il dover d'una figlia avrò compito. *(parte)*
TOAN.   Oh coraggio! oh virtù! Pensando solo
                  Che a tal figlia io son padre,
                  Ogni altra ingiuria al mio destin perdono.
                  Ah! rapitemi il trono,
                  Toglietemi la vita, e conservate
                  Sensi sì grandi alla mia figlia in seno,
                  Pietosi dèi; ché avrò perduto il meno.

                     Ritrova in que' detti
                   La calma smarrita
                   Quest'alma rapita
                   Nel dolce pensier.
                     Fra tutti gli affanni,
                   Dov'è quel tormento
                   Che vaglia un momento
                   Di questo piacer? *(entra nel bosco)*

SCENA NONA

LEARCO e poi TOANTE

LEAR.   Che ascoltai! Dunque il vero
                  Rodope mi narrò. Che bell'inganno,
                  Se me, del padre in vece, al suo ritorno
                  Issipile trovasse! Allor potrei
                  Deluderla, rapirla... È ver... Ma come...
                  Sì: la frode ingegnosa
                  Amor mi suggerisce. Ardir! Toante,
                  Toante. Ove si cela? *(avvicinandosi al bosco)*
TOAN.   (Ignota voce
                  Ripete il nome mio:
                  Che fia?)
LEAR.   Misera figlia! Il padre istesso,
                  Non volendo, l'uccide. *(affettando compassione)*
TOAN.   Olà! che dici?
                  Chi compiangi? Chi sei?
LEAR.   *(finge non udirlo)*   Se il re non trovo
                  Issipile si perde.
TOAN.   Perché? Parla: son io.
LEAR.   Lode agli dèi!
                  Fuggi, fuggi da questa
                  Empia reggia, mio re. Che qui t'ascondi

Già si dubita in Lenno. Or or verranno
Le congiurate donne, e fia punita,
Se il sospetto s'avvera,
La pietà della figlia.

TOAN.   Io voglio almeno
Morire in sua difesa.

LEAR.   Ah! se tu l'ami,
Affrettati a fuggir. Non v'è di questa
Difesa più sicura.

TOAN.   E a chi di tanta cura
Son debitor?

LEAR.   Non mi conosci? Io... sono...
Deh! parti. Fra que' rami
Veggo già lampeggiar l'armi rubelle.

TOAN.   Vi placherete mai, barbare stelle? *(parte frettoloso)*

SCENA DECIMA

LEARCO solo.

LEAR.   Oh, come il Ciel seconda
L'ingegnoso amor mio! Timidi amanti,
Imparate da me. Meschiar con arte
E la frode e l'ardire,
Ottenere, rapire,
Tutto è gloria per noi. Vincasi pure
Per sorte o per ingegno:
Sempre di lode il vincitore è degno.

      Ogni amante può dirsi guerriero,
   Ché diversa da quella di Marte
   Non è molto la scuola d'Amor.
      Quello adopra lusinghe ed inganni:
   Questo inventa l'insidie, gli agguati;
   E si scorda gli affanni passati
   L'uno e l'altro quand'è vincitor. *(entra nel bosco)*

SCENA UNDICESIMA

Sala d'armi illuminata, con simulacro della Vendetta nel mezzo.

ISSIPILE e RODOPE

ISS.   Sentimi. Non fuggirmi. *(trattenendo Rodope)*
ROD.   Ho troppo orrore
Della tua crudeltà. Soffrir non posso

Una barbara figlia,
Che ardì macchiar lo scellerato acciaro
Nelle vene d'un padre.
Lasciami.

ISS.   Se t'inganni!

ROD.   Agli occhi miei
Dunque non crederò? Nel regio albergo
Io vidi il re trafitto, e tremo ancora
Di spavento e d'orror.

ISS.   Vedesti, amica,
In vece di Toante... Alcun s'appressa.
Senti. Al bosco m'attendi
Sacro a Diana. Apprenderai l'arcano,
E giovar mi potrai.

SCENA DODICESIMA

EURINOME e dette.

EUR.   Tra noi qualcuna
Mancò di fede.

ISS.   Onde il timor?

EUR.   Respira
Un de' nostri tiranni. Ei fu sorpreso
In questo, che dal porto
Introduce alla reggia, angusto varco.

ISS.   (Ah! forse è il padre mio).

ROD.   (Forse è Learco!)

ISS.   Ravvisar lo potesti? *(ad Eurinome)*

ROD.   È noto il nome suo? *(ad Eurinome)*

EUR.   Fra l'ombre avvolto
Distinguer non si può. Ma d'armi è cinto,
Ed ostenta coraggio.

ROD.   È preso? *(ad Eurinome)*

ISS.   *(ad Eurinome)*   È vinto?

EUR.   No, ma fra pochi istanti
L'opprimeran le femminili squadre.

ROD.   (Sconsigliato Learco!)

ISS.   (Incauto padre!)

SCENA TREDICESIMA

GIASONE con ispada nuda, seguitando alcune amazzoni, e dette.

GIAS.   In vano all'ira mia *(di dentro)*

D'involarvi sperate. *(esce)* Eccovi... *(nell'atto d'assalire Issipile, la conosce)*

EUR. *e* ROD.	Oh numi!
GIAS.	Sposa!
ISS.	Principe!
GIAS.	È questa

Pur la reggia di Lenno, o son le sponde
Dell'inospita Libia?

ISS.   Amato prence,
Qual nume ti salvò?

GIAS.   Vengo alle nozze,
E mi trovo fra l'armi!

ISS.   Almen dovevi
Avvertir che giungesti.

GIAS.   Anzi sperai
D'un improvviso arrivo
Più gradito il piacer. Lo stuol seguace
Perciò lascio alle navi, e della reggia
Prendo solo il cammin. Da schiera armata
Assalito mi sento. Il brando stringo,
Fugo chi m'assalì. Cieco di sdegno,
M'inoltro in queste soglie; e, quando credo
La schiera insidiosa
Raggiungere, punir, trovo la sposa.

ISS.   Rodope, va: prescrivi
Che del tessalo prence
Si rispetti la vita. Il nostro voto
Solo i Lenni comprende. *(parte Rodope)*

GIAS.   Di qual voto si parla?

EUR.   Il sesso ingrato
Fu punito da noi. Non vive un solo
Fra gli uomini di Lenno.

GIAS.   Oh stelle! E come
Eseguir si poté sì reo disegno?

ISS.   Agevolò l'impresa
La stanchezza e la notte. Altri all'acciaro,
Offrendolo agli amplessi, il seno offerse;
Nelle tazze fallaci
Altri bevve la morte; altri nel sonno
Spirò trafitto; in cento guise e cento
Si vestì d'amicizia il tradimento.

GIAS.   Io gelo! E 'l padre?

ISS.   Anch'ei spirò, confuso
Nella strage comun. (Se scopro il vero,
Espongo il genitor).

GIAS.   Dunque i soggiorni
Delle Furie son questi. Ah! vieni altrove
Aure meno crudeli, amata sposa, *(la prende per mano)*
A respirar con me. Più fausti auspizi
Abbia il nostro imeneo. Del re trafitto
Invendicato il sangue

	Non resterà. Ne giuro
	Memorabil vendetta a tutti i numi
EUR.	Il nome della rea
	Basterà per placarti.
GIAS.	Perché?
EUR.	Cara è a Giasone: avrà da lui
	E perdono e pietà.
GIAS.	Sarò crudele
	Contro qualunque sia. Così mi serbi
	I dolci affetti Amore
	Di questa, a cui commise
	Il fren de' miei pensieri.
EUR.	Ella l'uccise.
GIAS.	Chi?
EUR.	La tua sposa.
ISS.	(Oh Dio!)
GIAS.	Parla, difendi,
	Idol mio, la tua gloria.
	Un delitto sì nero
	È vero o no?

ISS. (Che duro passo!) È vero. *(prima di rispondere, guarda Eurinome)*
GIAS. Come! *(abbandona la mano d'Issipile, e resta immobile)*
ISS. (È forza soffrir).
GIAS. Sogno o deliro?
Qual voce il cor m'offese?
Issipile parlò? Giasone intese?
EUR. Or s'adempia il tuo voto. Il re tradito
Vendica pur, se vuoi.
GIAS. Vi sono m terra
Alme sì ree!
ISS. Non condannar per ora,
Mio ben, la sposa tua.
GIAS. Scostati, fuggi!
Tu mia sposa? Io tuo bene? E chi potrebbe,
Della strage paterna ancor fumante,
Stringer mai quella destra? Esser mi sembra
Complice del tuo fallo,
Se l'aure che respiri anch'io respiro;
E mi sento gelar quando ti miro.
ISS. (Quanto mi costi, o padre!)
GIAS. Ov'è chi dice
Che palesa il sembiante
L'immagine del cor? Creda a costei;
La dolcezza mentita
Di que' guardi fallaci
Venga a mirar.
(nel partire, si ferma vicino alla scena e guarda con meraviglia Issipile)
ISS. Perché mi guardi e taci?

GIAS. Ti vo cercando in volto

Di crudeltade un segno,
Ma ritrovar nol so.
    Tanto nel cor sepolto
Un contumace sdegno
Dissimular si può! *(parte)*

SCENA QUATTORDICESIMA

ISSIPILE ed EURINOME

ISS.   Udisti? Oh Dio!
EUR.   Non sospirar, ché perdi
Tutto il merto dell'opra; e fanno oltraggio
Quei segni di rimorso al tuo coraggio. *(parte)*
ISS.   Dal cor dell'idol mio
Un error che m'offende
Si corra a dileguar. No. Prima il padre
Dal periglio si tolga, e poi... Ma intanto
M'abbandona Giasone. Ah! quel di figlia
È il più sacro dover. Si pensi a questo,
E si lasci agli dèi cura del resto.

    Crudo amore, oh Dio! ti sento:
Dolci affetti lusinghieri,
Voi parlate al mesto cor.
    Deh! tacete. In tal momento
Non divido i miei pensieri
Fra l'amante e 'l genitor. *(parte)*

ATTO SECONDO

SCENA PRIMA

Di nuovo parte del giardino reale, con fontane rustiche da' lati e boschetto sacro a Diana nel mezzo. Notte.

EURINOME e LEARCO in disparte.

EUR.	Ah! che per tutto io veggo
	Qualche oggetto funesto,
	Che rinfaccia a quest'alma i suoi furori.
	Voi, solitari orrori,
	Da' seguaci rimorsi
	Difendete il mio cor. Ditemi voi
	Che per me più non erra invendicata
	L'ombra del figlio mio; che più di Lete
	Non sospira il tragitto,
	E che val la sua pace il mio delitto.
LEAR.	(Ecco Issipile. Ardire!) *(esce dal bosco)*
EUR.	Alcun s'appressa.
	Numi! chi giunge mai?
LEAR.	Cara! *(prende per la mano Eurinome, credendola Issipile)*
EUR.	Chi sei? Qual voce! *(scostandosi da Learco, spaventata)*
LEAR.	(Ah! m'ingannai). *(torna nel bosco)*
EUR.	Misera me! Qual gelo
	Per le vene mi scorre! È di Learco
	Quella voce che intesi. Ah! dove sei?
	Non celarti al mio sguardo.
	Spiegami il tuo ritorno
	Parla: che vuoi? Perché mi giri intorno?

     Ombra diletta
    Del caro figlio esangue,
    Non chiedermi vendetta:
    L'avesti già da me.
     Qual pace mai
    E qual riposo avrai,
    Se non ti basta il sangue
    Che si versò per te?
(va agitata per la scena, cercando il figlio)

SCENA SECONDA

ISSIPILE, frettolosa, e detta.

ISS.	Qui pria di me dovrebbe

Esser Rodope giunta. Eccola. *(s'incontra in Eurinome, e la crede Rodope)*
                             Amica,
Vola a Giasone. Digli
Che vive il re; che seco
Ora al porto verrò. Senti. Potrebbe
Giason co' suoi seguaci
All'incontro venirne, e 'l nostro scampo
Assicurar così. *(va verso il bosco)*

EUR.   Qual trama ignota
La fortuna mi scopre! Intendo, o figlio,
Perché intorno mi giri. Io dunque in vano
Scellerata sarò? Vivrà il tiranno?
Ah! non fia ver, ché tutto
Io perderei della mia colpa il frutto. *(parte furiosa)*

SCENA TERZA

ISSIPILE e LEARCO

ISS. Ecco le sacre piante, ove si cela
L'amato genitore. Al primo arrivo,
L'ombra, il timor, l'impaziente brama
I miei passi confuse. Or non m'inganno.
Padre, signor, t'affretta.

LEAR. *(uscendo dal bosco)* (È pur la voce
Questa dell'idol mio. Coraggio! Oh dèi!
Palpita il cor mentre m'appresso a lei).

ISS. Vieni. Dove t'aggiri? I passi ascolto,
E trovarti non so. Fra questo orrore
Forse... Pur t'incontrai. *(incontra Learco, e lo prende per mano)*

LEAR. (M'assisti, Amore!)

ISS. Tu tremi, o padre? Ah! non temer. Giasone
Ci assicura la fuga. Ei, non ha molto,
Giunse al porto di Lenno.

LEAR. (Aimè, che ascolto!)

ISS. Già da lungi rimiro
Lo splendor delle faci...

LEAR. (Io son perduto).

ISS. E d'ascoltar già parmi
Le voci del mio ben.

LEAR. (Torno a celarmi). *(torna al bosco)*

ISS. Dove vai Perché fuggi? Oh, come mai
Gli animi più virili
La sventura avvilisce!

SCENA QUARTA

Eurinome, e seco baccanti ed amazzoni con faci accese ed armi, e detti.

EUR.   Olà! cingete
Compagne, il bosco intorno, ed ogni uscita
Del giardino reale.

ISS.   (Ah! fu presago
Di Toante il timor).

EUR.   Scoperta sei.
Palesa il padre.

ISS.   (Ah, m'assistete, oh dèi!)
Mi si chiede un estinto?

EUR.   Eh! di menzogne
Or più tempo non è. V'è chi t'intese
Chiamarlo a nome e ragionar con lui.

ISS.   Pur troppo è ver. L'immagine funesta
Sempre mi sta su gli occhi; in ogni loco
Segue la fuga mia; mi chiama ingrata,
Mi sgrida, mi rinfaccia
Che vide per mia colpa il giorno estremo.

EUR.   (Io gelo, e so che finge).

ISS.   (Io fingo e tremo).

EUR.   Eh! gl'inganni son vani.

ISS.   Oh Dio! Nol vedi,
Eurinome, tu stessa? Osserva il ciglio
Tumido di furor, molle del pianto
Che s'esprime dal cor quando s'adira.
Il bianco crin rimira,
Che, di tiepido sangue ancor stillante,
Gli ricade sul volto. Odi gli accenti;
Vedi gli atti sdegnosi. Ombra infelice,
Son punita abbastanza. Ascondi, ascondi
La face, oh Dio! caliginosa e nera,
E i flagelli d'Aletto e di Megera.

EUR.   Misera principessa! Io sento in seno
Pietà per te.

ISS.   (Si commovesse almeno!)

EUR.   L'orror di queste piante
È di larve importune infausto nido:
Ardetele, o compagne. In un istante
Vada in cenere il bosco.

ISS.   Ah, no! fermate.
Alla dea delle selve
Sacre son quelle piante.

EUR.   Eh! non si ascolti.

ISS.	Dunque neppur gli dèi dal tuo furore,
	Empia! saran sicuri? Il reo comando
	Vi sarà chi eseguisca?
EUR.	Incauta, oh come
	Tradisci il tuo segreto! Ecco la selva
	Dove ascoso è Toante. Andate, amiche:
	Traetelo al supplizio. *(entrano le amazzoni nel bosco di Diana)*
ISS.	Aimè! Sentite.
	Misera! che farò? Numi del cielo,
	Eurinome, pietà!
EUR.	Del figlio mio
	Non l'ebbe il padre tuo.
ISS.	Se tanto sei
	Avida di vendetta, aprimi il seno;
	Feriscimi per lui. Supplice, umìle
	Eccomi a' piedi tuoi. *(s'inginocchia)*
EUR.	(Sento a quel pianto
	Lo sdegno intiepidir).
ISS.	Placati, o cambia
	Oggetto al tuo furor. Per quanto accoglie
	Di più sacro per noi la terra e il cielo,
	Per le ceneri istesse
	Del tuo caro Learco...
EUR.	Ah! questo nome
	Rinnova il mio furor. Mora il tiranno, *(snuda la spada)*
	E mora di mia man. Non son contenta
	Fin che del sangue suo fatto vermiglio
	Quest'acciaro non veggo. *(crede incontrar Toante; ma, nell'atto di rivoltarsi, incontrandosi in Learco, che viene condotto dalle amazzoni fuori del bosco, resta immobile e le cade la spada di mano)*
LEAR.	Ah, madre!
EUR.	Ah, figlio!
ISS.	Che avvenne! Io son di sasso. *(s'alza)*

SCENA QUINTA

RODOPE e detti.

ROD.	(Dèi! Learco in catene!
	Come salvarlo mai? Finger conviene).
EUR.	Sei pur tu? Son pur io?
LEAR.	Così nol fossi,
	Per soverchia pietà madre crudele!
EUR.	Misera me! T'uccido
	Dunque per vendicarti? Ah! torni in vita
	Per farmi rea della tua morte. Oh quanto,
	Quanto, figlio, mi costa
	Di questi amari amplessi

L'inumano piacer!

ROD.   Compagne, il reo
Ad un tronco s'annodi, e segno sia
Alle nostre saette. *(le amazzoni legano Learco ad un tronco)*

EUR.   Ah, no! crudeli...

ROD.   Eurinome si tragga
A forza altrove, onde non turbi l'opra
Il materno dolor.

ISS.   Misera madre!

EUR.   Pietà, Rodope!

ROD.   E vuoi
L'istesse leggi tue porre in oblio?

EUR.   Issipile, pietà!

ISS.   Che far poss'io?

ROD.   S'affretti la sua morte,
Se il partir differisce anche un momento.

EUR.   Oh tormento maggior d'ogni tormento!

    Ah! che nel dirti addio
Mi sento il cor dividere,
Parte del sangue mio,
Viscere del mio sen.
    Soffri da chi t'uccide,
Soffri gli estremi amplessi.
Così morir potessi
Nelle tue braccia almen!
(parte, ma restano le baccanti e le amazzoni)

SCENA SESTA

LEAR.   Vedi nella mia sorte
I funesti trofei di tua bellezza,
Issipile crudele. Al duro passo
Giungo per troppo amarti.

ISS.   Il fabbro sei
Tu della tua sventura.

LEAR.   Era già scritta
Ne' volumi del fato allor ch'io nacqui.

ISS.   Infelice momento in cui ti piacqui!

    Nell'istante sfortunato
Ch'a' tuoi sguardi io parvi bella,
Lo splendor d'iniqua stella
Funestava i rai del ciel.
    D'un amor sì disperato
L'odio stesso è men crudel. *(parte)*

<h1 style="text-align:center">SCENA SETTIMA</h1>

RODOPE e LEARCO

ROD.　Compagne, in questo loco
A Nemesi men grata
La vittima sarà: pubblico sia,
E sia solenne il sacrifizio. Andate:
In faccia al popol tutto
L'ara s'innalzi, e se le aduni intorno
La schiera vincitrice. Io resto intanto
In custodia del reo. *(partono le baccanti e le amazzoni)*

LEAR.　　　　　Così tiranna
Rodope non credei.

ROD.　　　　　Conosci, ingrato,
Meglio la mia pietà. Finsi rigore,
Per deluder l'insano
Femminile furor.

LEAR.　　　　Se dici il vero,
Disponi del cor mio.

ROD.　　　　　Da te non bramo
Un pattuito amor.

LEAR.　　　　Forse non credi
I miei detti veraci?
Giuro agli dèi...

ROD.　　　　　Taci, Learco, taci.
Non voglio che 'l mio dono
Ti costi uno spergiuro. Ecco: ti rendo
E libertade e vita. *(lo scioglie)*

LEAR.　Ma della tua pietà qual premio avrai?

ROD.　Già premiata son io, ma tu nol sai.

　　Tu non sai che bel contento
　　Sia quel dire: 'Offesa sono:
　　Lo rammento, ti perdono,
　　E mi posso vendicar';
　　　E mirar frattanto afflitto
　　L'offensor vermiglio in volto,
　　Che, pensando al suo delitto,
　　Non ardisce favellar. *(parte)*

<h1 style="text-align:center">SCENA OTTAVA</h1>

LEARCO solo.

LEAR.   Dal tuo letargo antico
Se destar non ti sai, perché ti scuoti,
Languida mia virtù? Che vuoi con questi
Rimorsi inefficaci? O regna o servi.
Io non ti voglio in seno
Che vinta affatto o vincitrice appieno.

    Affetti, non turbate
La pace all'alma mia;
Sia vostra scelta o sia
L'oprar necessità.
    Perché rei vi credete,
Se liberi non siete?
Perché non vi cangiate,
Se avete libertà? *(parte)*

SCENA NONA

Campagna a vista del mare, sparsa di tende militari. Sole che spunta.

Giasone solo.

GIAS.   Fra dubbi penosi
Confuso, ravvolto,
Risolver non osi,
Mio povero cor.
    Adori quel volto,
Detesti quell'alma,
E perdi la calma
Fra l'odio e l'amor.

E sarà ver che tanto
Inganni un volto? Oh delle fiere istesse
Issipile più fiera! Ai boschi ircani
Accresceresti un nuovo
Pregio di crudeltà. Là non s'annida
Tigre sì rea che il genitore uccida.
E fra me la difendo! e invento ancora
Scuse alla mia dimora! Il proprio inganno
Confessar non vorresti,
Orgoglioso mio cor. Degna d'amore
Giudicasti costei,
E ancor difendi il tuo giudicio in lei.
Ma nasce il giorno: e voi, *(siede sopra un sasso)*
Stanchi di vaneggiar vegliate ancora,
Languidi spirti miei: però vi sento
Con tumulto più lento
Confondervi nel sen. S'aggrava il ciglio,

E le fiere vicende
De' molesti pensier l'alma sospende. *(s'addormenta)*

SCENA DECIMA

GIASONE che dorme, e poi LEARCO

LEAR.	Abbastanza sin ora

LEAR.   Abbastanza sin ora
Malvagio io fui. Di variar costume,
Dopo tanti perigli,
Ormai tempo saria. Son stanco al fine
Di tremar sempre al precipizio appresso,
D'ammirar gli altri e d'aborrir me stesso.
Ma che veggo! Il rivale
Dorme colà. Felice te! Nascesti
Sotto un astro benigno. A te si serba
La bella mia nemica: io disperato
Pianger dovrò. Fra gli amorosi amplessi
Tu riderai di me: né poca parte
Fia delle gioie tue la mia sventura.
Oh immagine crudele,
Che mi lacera il cor! No, non si lasci
La vita a chi m'uccide. *(impugna uno stile)*
Mori!... *(vuol ferirlo e si pente)* Che fo? Son questi
Que' sensi generosi, onde poc'anzi
Riprendeva me stesso? *(resta pensoso)*

SCENA UNDICESIMA

ISSIPILE, LEARCO, GIASONE che dorme.

ISS.   Il genitore
Dove mai troverò? Forse... Learco!
Perché stringe quel ferro?
LEAR.   *(fra sé)* Ignota al mondo
Sarà questa virtù. S'io non l'uccido,
Perdo la mia vendetta,
Né gloria acquisto. Eh! mi sarebbe un giorno
Tormentosa memoria
Questa pietà, che inopportuna usai.
Si vibri il colpo! *(s'incammina in atto di ferire)*
ISS.   Ah, traditor, che fai! *(trattenendogli il braccio)*
LEAR.   Lasciami.
ISS.   Non sperarlo.
LEAR.   Il ferro io cedo,

	Se meco vieni.
ISS.	Un fulmine di Giove
	M'incenerisca pria.
LEAR.	Dunque per lui
	Non aspettar pietà. *(tenta liberare il braccio)*
ISS.	Vedi ch'io desto
	Lo sposo, e sei perduto.
LEAR.	Ah, taci! Io parto.
ISS.	No. La man disarmata
	M'abbandoni l'acciaro.
LEAR.	Eccolo, ingrata! *(Learco*
	pensa un momento; e poi lascia lo stile in mano
	d'Issipile)
	Prence, tradito sei! *(scuote Giasone e fugge)*
ISS.	Ferma! *(Giasone si sveglia; s'alza con impeto; e,*
	nell'atto di voler snudar la spada, s'avvede
	d'Issipile, che tiene impugnato lo stile, e resta
	sorpreso)

SCENA DODICESIMA

GIASONE ed ISSIPILE.

GIAS.	Chi mi tradisce? Eterni dèi!
ISS.	Sposo!
GIAS.	Ah! barbara donna,
	Io che ti feci mai? Di qual delitto
	Mi vorresti punir? L'averti amata
	Merita un gran castigo,
	Ma non da te. D'abitatori il mondo,
	Empia! spogliar vorresti,
	Perché al tuo fallo un testimon non resti.
ISS.	Può radunar la sorte
	Più sventure per me! Signor, t'inganni:
	Io non venni a svenarti.
GIAS.	E quell'acciaro,
	E quel volto smarrito, e quella voce,
	Che tua non fu, che mi destò dal sonno,
	Non ti convince assai?
ISS.	Altri tentò svenarti: io ti salvai.
GIAS.	Sì, veramente ho grandi
	Prove di tua pietà. Chi uccise un padre,
	Custodirà lo sposo.
ISS.	Io non l'uccisi.
GIAS.	Ma se 'l tuo labbro...
ISS.	Il labbro
	Fu forzato a mentir.
GIAS.	Se il re trafitto

                    Nella reggia vid'io!
ISS.   Veder ti parve,
                    Ma non vedesti il re.
GIAS.   Dunque Toante
                    Additami dov'è.
ISS.   Ne cerco in vano.
GIAS.   Perfida! e crederesti
                    Così stolto Giasone? Anche il disprezzo
                    Aggiungi al tradimento. Il tuo delitto
                    Mi palesi tu stessa, ognun l'afferma,
                    Testimonio io ne sono; ed or pretendi
                    Innocente apparir? Mi desto, e trovo
                    Te, confusa ed armata,
                    Pronta a ferirmi; e assicurar mi vuoi
                    Che per difesa mia mi vegli accanto?
                    Tessaglia non produce
                    Gli abitatori suoi semplici tanto.
ISS.   Vedrai...
GIAS.   Vidi abbastanza.
ISS.   Né vuoi...
GIAS.   Né voglio udirti.
ISS.   E credi...
GIAS.   E credo
                    Che son reo, se t'ascolto.
ISS.   Dunque...
GIAS.   Parti.
ISS.   E l'amore?
GIAS.   Con rossor lo rammento.
ISS.   E sono?...
GIAS.   E sei
                    Oggetto di spavento agli occhi miei.
ISS.   Ah! Furie abitatrici
                    Di quest'orride sponde, intendo, intendo:
                    L'innocenza è delitto. È poco il sangue
                    Di cui miro vermiglio il suol natio:
                    Saziatevi una volta; eccovi il mio. *(vuol ferirsi)*
GIAS.   Fermati. *(la trattiene)*
ISS.   Che pretendi?
                    Chi la mia morte a trattener ti muove?
GIAS.   Mori, se vuoi morir; ma mori altrove. *(le toglie e getta lo stile)*
ISS.   Almen...
GIAS.   Lasciami in pace.
ISS.   Ascoltami.
GIAS.   Non voglio.
ISS.   Uccidimi.
GIAS.   Non posso.
ISS.   Un sguardo solo.
GIAS.   È delitto il mirarti.
ISS.   Idol mio, caro sposo.
GIAS.   O parto, o parti.

ISS.

    Parto, se vuoi così;
Ma questa crudeltà
Forse ti costerà
Qualche sospiro.
    Conoscerai l'error;
Ma il tardo tuo dolor
Ristoro non sarà
Del mio martiro. *(parte)*

SCENA TREDICESIMA

GIASONE poi TOANTE

GIAS.   Partì: lode agli dèi.
Vi seducea quel pianto
Durando anche un momento, affetti miei.
Lunge da questo cielo
Vadasi omai. La lontananza estingua
Un vergognoso amor.

TOAN.   Principe! amico!

GIAS.   Signor! M'inganno, o sei
Tu di Lenno il regnante?

TOAN.   Almen lo fui.

GIAS.   Son fuor di me. Come risorgi? Estinto
Nell'albergo real ti vidi io stesso:
O sognava in quel punto, o sogno adesso.

TOAN.   Vedesti un infelice
Avvolto in regie spoglie; e quel sembiante,
Poco dal mio diverso,
Altri ingannò. Questa pietosa frode
Issipile inventò per mia difesa.

GIAS.   Ah, di tutto innocente
Dunque è la sposa mia! Toante, or ora
Ritorno a te. *(in atto di partire con fretta)*

TOAN.   Perché mi lasci?

GIAS.   Io voglio
Raggiungere il mio ben. Saprai, saprai
Quanto, ingiusto, l'offesi. *(come sopra)*

TOAN.   Odi: che fai?
Le femminili schiere,
Cui l'evento felice orgoglio accresce,
Scorron per ogni loco; e, se t'inoltri
Così senza seguaci,
Né il tuo sangue risparmi,
Né difendi la sposa.

GIAS.   *(verso le tende)*   All'armi! all'armi!
Destatevi, sorgete,

Seguitemi, o compagni!

TOAN.   A' vostri passi
Io servirò di scorta.

GIAS.   Ah, no! Saresti
Impaccio e non difesa. In mezzo all'ire,
Io tremerei per te. Compagni, oh Dio!
Troncate le dimore. *(con impazienza e fretta)*
Oh sposa! Oh amico! Oh tenerezze! Oh amore!

    Io ti lascio; e questo addio
Se sia l'ultimo non so.
    Tornerò coll'idol mio,
O mai più non tornerò

(Giasone parte, seguìto dagli Argonauti, che, nel tempo dell'aria, si vedono uscir dalle tende e radunarsi)

SCENA QUATTORDICESIMA

TOANTE solo.

TOAN.   No, restar non vogl'io
D'Issipile al periglio
Placido spettator. L'amor di padre
Alle tremule membra
Vigore accrescerà. Forte diviene
Ogni timida fiera
In difesa de' figli: altrui minaccia,
Depone il suo timore,
E l'istessa viltà cangia in valore.

    Tortora, che sorprende
Chi le rapisce il nido,
Di quell'ardir s'accende
Che mai non ebbe in sen.
    Col rostro e con l'artiglio
Se non difende il figlio,
L'insidiator molesta
Con le querele almen.

ATTO TERZO

SCENA PRIMA

Luogo rimoto fra la città e la marina, adorno di cipressi e di monumenti degli antichi re di Lenno.

LEARCO con due pirati suoi seguaci, e poi TOANTE

LEAR. Ogni nostra speranza
Fu vana, amici. Alle più belle imprese
La fortuna si oppone. Andate; e sia
Ciascun pronto a partir. *(partono i pirati)* Ma veggo, o parmi?...
Sì, Toante s'appressa, e solo ei viene
Per queste vie romite.
Facciam l'ultima prova. Amici, udite.

(tornano i pirati, a' quali, tratti in disparte, Learco parla con voce sommessa)

TOAN. Nelle tessale tende
Restar dovrei, ma voi nol tollerate,
Affetti impazienti.
LEAR.   Udiste? Andate. *(a' pirati, che partono)*
TOAN. Sollecito, dubbioso,
Palpito, non ho pace. Ogni momento
Qualche nunzio funesto
Temo ascoltar. Per questa
Più solitaria parte
Alla reggia n'andrò. *(in atto di partire)*
LEAR.   (Learco, all'arte!)
Signor, soffri al tuo piede *(gli s'inginocchia innanzi)*
Il vassallo più reo...
TOAN.   Tu vivi! Oh numi!
Sei Learco o nol sei?
LEAR.   Learco io sono.
TOAN. Che pretendi da me?
LEAR.   Morte o perdono.
TOAN. Traditor! non offrirti
Al mio sguardo mai più. *(in atto di partire)*
LEAR.   Sentimi, e poi *(s'alza e lo siegue)*
Discacciami, se vuoi.
TOAN.   Non sai qual pena,
Perfido! a te si serba in questo lido?
LEAR. La morte io meritai,
Signor, quando tentai
Issipile rapir. Ma, se non trova
Pietà nel mio regnante
Un giovanile errore
Che persuase amore,
Che il rimorso punì, si mora almeno

Nel paterno terreno. Un lustro intero,
Sempre in clima straniero,
Ramingo, pellegrino,
Scherzo di reo destino,
Vivo in odio alle stelle, in odio al mondo;
E, quel che più m'affanna,
Vivo in odio al mio re. Grave a me stesso
La stanchezza mi rende,
E 'l tedio di soffrir. De' mali miei
Il più grande è la vita; e chi dal seno
Lo spirto mi divide,
È pietoso con me quando m'uccide.

TOAN. (Quel disperato affanno
Scema l'orror della sua colpa antica).

LEAR. (Quanto tarda a venir la schiera amica!) *(impaziente verso la scena)*

TOAN. Da' tuoi disastri impara
A rispettar, Learco,
In avvenir la maestà del trono.
Riconsolati e vivi. Io ti perdono. *(in atto di partire)*

LEAR. Ah! signor, tu mi lasci
Dubbioso ancor, se un più sicuro pegno
Non ho di tua pietà.

TOAN. Dopo il perdono
Che di più posso darti?

LEAR. La tua destra real.

TOAN. Prendila, e parti.

LEAR. O de' numi clementi *(va allungando queste parole, per dar tempo che giungano i compagni)*
Pietoso imitator, questo momento
Di tutti mi ristora
Gli affanni che passai. (Né giunge ancora!)
E dubbioso e tremante
Eccomi alle tue piante... E in umil atto... *(mentre vuole inginocchiarsi e prender la mano al re, escono i corsari armati, che circondano Toante)*

TOAN. Qual gente ne circonda?

LEAR. Il colpo è fatto!
(lascia la mano di Toante, sorge, ed abbandona l'affettata umiltà, da lui finta sin ora)
Cedimi quella spada. *(a Toante)*

TOAN. A chi ragioni?

LEAR. Parlo con te.

TOAN. Meco favelli? Oh dèi!
Come...

LEAR. Non più: mio prigionier tu sei.

TOAN. Qual nera frode!

LEAR. Al fine
Cadesti ne' miei lacci. Arbitro io sono
De' giorni tuoi: soffrilo in pace. Il mondo
Varia così le sue vicende; e sempre
All'evento felice il reo succede.
Or tocca a te di domandar mercede.

TOAN.   Scellerato!
LEAR.   Toante,
Cambia linguaggio. Un grande esempio avesti
Di prudenza da me. Supplice, umìle
Parlai fin ora. È l'adattarsi al tempo
Necessaria virtù. Pendon quell'armi
Dal mio cenno; e poss'io...
TOAN.   Che puoi tu farmi?
Puoi togliermi l'avanzo
D'una vita cadente,
Che mi rese molesta
Degli anni il peso e degli affanni miei.
LEAR.   Anch'io dissi così, ma nol credei.
TOAN.   V'è però gran distanza
Dal mio core al tuo cor.
LEAR.   Fole son queste.
Ogni animal, che vive,
Ama di conservarsi. Arte, che inganna
Solo il credulo volgo, è la fermezza
Che affettano gli eroi ne' casi estremi.
Io ti leggo nell'alma, e so che tremi.
TOAN.   Tremerei, se credessi
D'esser simile a te; ché avrei su gli occhi
L'orror di mille colpe, e mi parrebbe
Sempre ascoltar che mi stridesse intorno
Il fulmine di Giove,
Punitor de' malvagi.
LEAR.   A questo segno
Non è l'ira celeste
Terribile per me.
TOAN.   Fole son queste.
Tranquillo esser non puoi.
So che nasce con noi
L'amor della virtù. Quando non basta
Ad evitar le colpe,
Basta almeno a punirle. È un don del Cielo,
Che diventa castigo
Per chi ne abusa. Il più crudel tormento
Ch'hanno i malvagi, è il conservar nel core,
Ancora a lor dispetto,
L'idea del giusto e dell'onesto i semi.
Io ti leggo nell'alma, e so che tremi.
LEAR.   Questo de' cori umani
Saggio conoscitor traete, amici,
Prigioniero alle navi. E tu deponi
Quell'inutile acciaro. *(a Toante)*
TOAN.   Prendilo, traditor! *(getta la spada)*
LEAR.   Dovresti ormai
Quest'orgoglio real porre in oblio.
Toante è il vinto: il vincitor son io.

TOAN.   Guardami prima in volto,
                Anima vile, e poi
                Giudica pur di noi
                Il vincitor qual è.
                    Tu, libero e disciolto,
                Sei di pallor dipinto:
                Io, di catene avvinto,
                Sento pietà di te. *(parte fra i pirati)*

SCENA SECONDA

LEARCO e poi RODOPE

LEAR.   E pur quel regio aspetto,
             Quel parlar generoso... Eh! non si pensi
             Che al piacer d'un acquisto
             Che può farmi felice.
ROD.   *(spaventata)*   Oh Dio! Learco!
LEAR.   Qual è del tuo spavento,
             Rodope, la cagion?
ROD.   Quindi non lunge,
             Stuol di gente straniera al mar conduce
             Toante prigioniero. Ah! se ti resta
             Qualche scintilla in seno
             Di virtù, di valore, ecco il momento
             Di farne prova. Ogni delitto antico
             Puoi cancellar, se vuoi. Puoi del tuo nome
             La memoria eternar.
LEAR.   Gran sorte! E come?
ROD.   Va, combatti, procura
             Di liberar Toante. Offri la vita
             A pro del tuo monarca. O vinci o mori,
             Emendi un atto grande
             Ogni fallo passato,
             E mi tolga il rossor d'averti amato.
LEAR.   Generoso è il consiglio, e per mercede
             Merita un disinganno. È mio comando
             Di Toante l'arresto. Alla superba
             Issipile ne reca
             La novella, se vuoi. Dille che meno
             I deboli nemici
             S'avvezzi a disprezzar. Basta sì poco
             Per nuocere ad altrui, che in umil sorte,
             Che oppresso ancora, ogni nemico è forte.

                 Dille che in me paventi
                 Un disperato amor:

33

Dille che si rammenti
Quanto mi disprezzò.
   E se per queste offese
Mi chiama traditor,
Dille che tal mi rese
Quando m'innamorò. *(parte)*

SCENA TERZA

RODOPE e poi ISSIPILE

ROD. E tanta si ritrova
Malvagità fra noi? Misera figlia!
Principessa infelice! A tal novella
Qual diverrai!
ISS.   Son terminati, amica,
Tutti gli affanni nostri. È stanco il Cielo
Di tormentarne più. Vinse di Lenno
Le fiere abitatrici
Il mio sposo fedel. Palese a lui
È l'innocenza mia. Sicuro il padre,
Noi vincitrici, ogni discordia tace:
Tutto è amor, tutto è fede e tutto è pace.
ROD. Ma Toante però...
ISS.   Toante aspetta
Nelle tessale tende
Di Giasone il ritorno.
ROD.   Ah, fosse vero!
ISS. Perché? Parla!
ROD.   Toante è prigioniero
ISS. E di chi?
ROD. Di Learco.
ISS.   Onde il sapesti?
ROD. Fra' seguaci dell'empio
Avvinto l'incontrai.
ISS.   Ma quali sono
Di Learco i seguaci?
ROD. Gente simile a lui.
ISS.   Numi del cielo!
A che mai di funesto
Mi volete serbar? Che giorno è questo?

SCENA QUARTA

GIASONE con Argonauti, e dette.

GIAS.   Issipile, mio ben, qual nuovo affanno
         Oscura i lumi tuoi?
ISS.   Sposo adorato,
         Opportuno giungesti. Ah! puoi tu solo
         Consolarmi, se vuoi. Corri... Difendi...
         Abbi pietà di me!
GIAS.   Spiegati. Ancora
         Intenderti non so.
ISS.   Toante... Il padre...
         Learco... Ah, mi confondo!
ROD.   Al mar conduce
         Il traditor Learco
         Incatenato il re.
GIAS.   L'istesso è forse...
ISS.   Sì, quel Learco istesso,
         Che te dal sonno oppresso
         Svenar tentò; ma, trattenuto, almeno
         Funestar co' sospetti
         Volle la nostra pace.
GIAS.   Anima rea!
ISS.   Principe generoso, ecco un'impresa
         Degna di te. Tu conservar mi puoi
         Il caro genitor. Perdi la sposa,
         Se lui non salvi. È ad un sol filo unita
         La vita di Toante e la mia vita.
GIAS.   Lasciami il peso, o cara,
         Di punire il fellon. Ma tu rasciuga
         Le lagrime dolenti. Al mio coraggio
         È troppo gran periglio
         Il vederti di pianto umido il ciglio.

              Care luci, che regnate
              Su gli affetti del mio cor,
              Non piangete, se volete
              Ch'io conservi il mio valor.
              Tal pietà se in me destate
              Con quel tenero dolor,
              Non m'avanza più costanza
              Per vestirmi di rigor. *(parte)*

SCENA QUINTA

RODOPE ed ISSIPILE

ROD.   Ma troppo, o principessa,
         T'abbandoni al dolor. Sempre la sorte
         Non ti sarà severa.
         Di Giasone al valor fidati e spera.

ISS.
    Ch'io speri? Ma come?
Se nacqui alle pene,
Se un'ombra di bene
Non vidi fin or?
    Ognor doppio affanno
Mi trovo nel petto:
V'è quello che provo,
V'è l'altro che aspetto;
E al pari del danno
Mi affligge il timor. *(parte)*

SCENA SESTA

RODOPE ed EURIMONE

ROD.
Io mi perdo in sì grande
Numero di sventure.
EUR.
    Il figlio mio,
Rodope, dove andò?
ROD.
    Pensa, inumana!
Pensa a te stessa. Al vincitor t'ascondi,
Se t'è cara la vita.
EUR.
    Io non la curo,
Se non trovo Learco.
ROD.
    Un nome oblia,
Ch'odio è del mondo, e tua vergogna e mia.
EUR. Tanto sdegno perché? Tu lo salvasti...
ROD. E ne sento dolor.
EUR.
    Spero che sia
Simulata quest'ira. Un'altra volta
Dicesti ancor che lo bramavi oppresso,
E l'adoravi allor.
ROD.
    Ma l'odio adesso.

    Odia la pastorella
Quanto bramò la rosa,
Perché vicino a quella
La serpe ritrovò:
    Né il vol mai più raccoglie
L'augel tra quelle foglie,
Dove invischiò le piume,
E a pena si salvò. *(parte)*

SCENA SETTIMA

EURINOME sola.

EUR.   Ah! che, cercando il figlio,
           Me stessa perderò. Ma che mi giova
           Senza lui questa vita? È reo Learco;
           Lo so, ma l'amo; ed i delitti suoi
           M'involano il riposo,
           Ma non l'amor. Più cresce l'odio altrui,
           Più mi sento per lui
           Tutto il sangue gelar di vena in vena.
           Giusti dèi! l'esser madre è premio o pena?

               È maggiore d'ogni altro dolore
               Quell'affetto che insana mi rende;
               Né l'intende chi madre non è.
               Il periglio d'un misero figlio
               Ho sì vivo nell'anima impresso,
               Che per esso mi scordo di me. *(parte)*

SCENA OTTAVA

Lido del mare, con navi di Learco e ponte per cui si ascende ad una di esse. Da un lato, rovine del tempio di Venere; dall'altro, avanzi d'un antico porto di Lenno.

GIASONE, ISSIPILE, RODOPE, con séguito d'Argonauti. LEARCO e TOANTE in una delle navi.

GIAS.   Issipile, respira:
           Giungemmo il traditor. Compagni, in quelli
           Insidiosi legni
           Secondate i miei passi. Io chiedo a voi
           Furore e crudeltà. S'ardan le vele,
           Si sommergan le navi. Orrida sia
           A tal segno la strage,
           Che appaia all'altrui ciglio
           Di quel perfido sangue il mar vermiglio.

           (Learco comparisce su la poppa della nave, tenendo con la sinistra per un braccio l'incatenato Toante ed impugnando uno stile nella destra sollevata in atto di ferirlo)

LEAR.   Sì, ma quel di Toante
           Si cominci a versar.
ISS.   Fermati!
ROD.   Indegno!
GIAS.   Qual furor ti trasporta?
ISS.   Padre... Sposo... Learco... Oh dèi! son morta.
LEAR.   Issipile, che giova
           L'affliggersi così? Della sua vita
           Arbitra sei. Su questa nave ascendi
           Sposa a Learco. Il mio costante amore

	Premii la figlia; e 'l genitor non muore.
ISS.	Che ascolto, o sposo!
GIAS.	E profferire ardisci
	Il patto scellerato, anima rea?
	Ah! raffrenar non posso
	Il mio giusto furor. *(in atto di snudar la spada)*
ISS.	Pietà, Giasone! *(trattenendolo)*
	L'empio trafigge il padre,
	Se tenti d'assalirlo.
GIAS.	Ah! ch'io mi sento
	Tutte le furie in sen.
LEAR.	Vedi, o Toante,
	Quella tenera figlia
	Come corre a salvarti. I suoi disprezzi
	Paghi il tuo sangue: ho tollerato assai. *(in atto di ferire)*
ISS.	Eccomi! non ferir. *(s'affretta verso la nave)*
TOAN.	Figlia, che fai?
	Potesti a questo segno *(Issipile si ferma)*
	Scordarti di te stessa? Ah! non credea
	Che Issipile dovesse
	Farmi arrossir. D'un talamo reale
	All'onor, non al letto
	D'un infame pirata io t'educai;
	E divenir tu vuoi
	Madre di scellerati e non d'eroi?
ISS.	Dunque un'altra m'addita
	Miglior via di salvarti.
TOAN.	Eccola. Intatto
	Custodisci l'onor del sangue mio.
	Non pensar che d'un padre
	Già ti costi la vita, o te ne renda
	Più gelosa custode un tal pensiero.
	Col tuo sposo fedele
	Vivi e regna per me. Se a voi s'accresce
	La vita che m'avanza,
	Abbastanza regnai, vissi abbastanza.
ROD.	Oh forte!
GIAS.	Oh generoso!
ISS.	E non ti muove
	Tanta virtù, Learco?
LEAR.	Anzi m'irrìta.
ISS.	Dunque?
LEAR.	Vieni, o l'uccido.
ISS.	Ah! questo pianto
	Ti faccia impietosir. Del mio rifiuto
	Ti vendicasti assai. Basta, Learco,
	Basta così. Non sei contento ancora?
	Vuoi vedermi al tuo piede
	Miserabile oggetto in questo lido?
	Eccomi a' piedi tuoi. *(s'inginocchia)*

LEAR.	Vieni, o l'uccido.

ISS. Sì, verrò, traditor: verrò; ma quanto
D'orribile ha l'inferno *(s'alza furiosa)*
Meco verrà. Delle aborrite nozze
Fia pronuba Megera, auspice Aletto.
Io delle Furie tutte,
Io sarò la peggior. Verrò; ma solo
Per strapparti dal seno,
Mostro di crudeltà, quel core infido.
Scellerato! verrò.

LEAR. Vieni, o l'uccido. *(con isdegno, in atto di ferire)*

ISS. Eccomi, non ferir. *(a Learco)*
Numi, pietà non v'è?
Ricordati di me. *(a Giasone)*
Morir mi sento.
Ha ben di sasso il core
Chi, senza lagrimar,
Ha forza di mirar
Questo tormento.

(Issipile, piangendo, s'incammina lentamente alla nave, e va rivolgendosi a riguardar con tenerezza Giasone)

GIAS. Sposa, così mi lasci? Empio! Vorrei...
Fremo... Non ho consiglio.
Barbari dèi... *(mentre Giasone va smaniando per la scena, esce frettolosa Eurinome)*

SCENA NONA

EURINOME e detti.

EUR. Pur ti ritrovo, o figlio.
LEAR. Salvati, o madre.
GIAS. Ah, scellerata! A caso *(trattiene Eurinome)*
Qui non giungesti. Issipile, t'arresta.
Guardami, traditor. *(a Learco)* Libero appieno
Rendi Toante, o la tua madre io sveno.

(Issipile si ferma a mezzo il ponte, e Giasone, impugnando uno stile, minaccia di ferire Eurinome)

LEAR. Come!
EUR. Che fu?
ROD. Qual cangiamento!
LEAR. In lei
Non punire i miei falli. Il tuo nemico
Son io, Giasone.
GIAS. Il mio furor non lascia
Luogo a consiglio. È mio nemico ognuno
Che te non aborrisce. È rea costei
Di mille colpe, e, se d'ogni altra ancora

Fosse innocente, io non avrei rossore
D'averle ingiustamente il sen trafitto.
L'esser madre a Learco è un gran delitto.
ROD.   Confuso è l'empio.
ISS.   Eterni dèi, prestate
Adesso il vostro aiuto!
GIAS.   Barbaro! non risolvi?
LEAR.   Ho risoluto.
Svenala pur: ma venga,
E la legge primiera
Issipile compisca.
ROD.   Oh mostro!
ISS.   Oh fiera!
GIAS.   A voi dunque, o d'Averno
Arbitre deità, questo offerisco
Orrido sacrifizio.
LEAR.   (Io tremo!)
GIAS.   A voi
Di vendicar nel figlio
Della madre lo scempio il peso resti.
Mori, infelice! *(mostra di ferirla)*
LEAR.   Ah! non ferir: vincesti.
ROD.   E pur s'intenerì.
EUR.   Deggio la vita,
Caro Learco, a te.
LEAR.   Poco il tuo figlio,
Eurinome, conosci... È debolezza
Quella pietà che ammiri,
Non è virtù. Vorrei poter l'aspetto
Sostener del tuo scempio,
E mi manca valore. Ad onta mia,
Tremo, palpito, e tutto
Agghiacciar nelle vene il sangue io sento.
Ah, vilissimo cor! né giusto sei,
Né malvagio abbastanza; e questa sola
Dubbiezza tua la mia ruina affretta.
Incominci da te la mia vendetta. *(si ferisce)*
EUR.   Ferma! che fai?
LEAR.   Non spero
E non voglio perdono. Il morir mio
Sia simile alla vita. *(si getta in mare)*
EUR.   Io manco. Oh Dio! *(sviene ed è condotta dentro)*
ROD.   Oh giustissimo Ciel!
GIAS.   Correte, amici,
A disciogliere il re. *(gli Argonauti corrono su la nave)*
ISS.   Sposo, io non posso
Rassicurarmi ancor.
ROD.   Quante vicende
Un sol giorno adunò!
TOAN.   Principe! figlia! *(scendendo dalla nave)*

ISS.   Padre!
GIAS.   Signor!
ISS.   Questa paterna mano
Torno pure a baciar! *(bacia la mano a Toante)*
TOAN.   Posso al mio seno
Stringervi ancora! *(gli abbraccia)*
ROD.   I tollerati affanni
L'allegrezza compensi
D'un felice imeneo.
TOAN.   Ma pria nel tempio
Rendiam grazie agli dèi; ché troppo, o figli,
È perigliosa e vana,
Se da lor non comincia, ogni opra umana.

CORO

È follia d'un'alma stolta
Nella colpa aver speranza:
Fortunata è ben tal volta,
Ma tranquilla mai non fu.
Nella sorte più serena,
Di se stesso il vizio è pena:
Come premio è di se stessa,
Benché oppressa, la virtù.